LOS OSOS SCOUTS *Berenstain*

y la
pizza voladora

LOS OSOS SCOUTS *Berenstain*

y la
pizza voladora

por Stan y Jan Berenstain

Ilustrado por Michael Berenstain
Traducido por Susana Pasternac

A
LITTLE APPLE
PAPERBACK

SCHOLASTIC INC.
New York   Toronto   London   Auckland   Sydney

Originally published in English as *The Berenstain Bear Scouts and the Sci-Fi Pizza.*

ISBN 0-590-93380-9

12 11 10 9 8 7 6 5 4 3 2 1   6 7 8 9/9 0 1/0

Printed in the U.S.A   40

First Scholastic printing, October 1996

• Índice •

LOS OSOS SCOUTS Berenstain

y la
pizza voladora

• Capítulo 1 •
El orden del día

Si los osos scouts Hermano Oso, Hermana
Osa, Fredo y Lía hubieran sabido que los
hurones querían vengarse de ellos, se hubieran quedado muy preocupados. Sobre todo
si hubieran sabido que la amenaza venía del
propio Máximo Usurón. Máximo Usurón era
el jefe de la banda de los hurones que vivía en
el País de los Hurones, una red subterránea
de túneles, cuevas, oficinas, talleres y labora-
torios. El imperio subterráneo de Máximo
Usurón disponía de todo lo necesario para
conseguir su más preciado objetivo: apoderarse totalmente del País de los Osos.

Máximo Usurón sabía que no iba a ser

fácil. Los hurones eran fuertes y brutales, pero no podían compararse con los enormes y fornidos osos. Hasta un cachorro de oso podía lanzar un hurón al aire como una bolsa de frijoles.

Pero los hurones no estaban dispuestos a abandonar su objetivo. Y aunque no estaban a la altura de los osos en materia de peso, le llevaban ventaja en dos cosas: eran super astutos y super discretos. Recientemente había ocurrido algo que hizo pensar a Máximo Usurón que el secreto del País de los Hurones había sido traicionado, y estaba furioso.

Por eso, tres de los personajes más importantes del País de los Hurones avanzaban por los túneles iluminados con antorchas. Iban a ver al Gran Jefe y no parecían muy contentos.

El grupo estaba formado por el general Odón, comandante del ejército de los hurones; el doctor Mengano, gran científico del País de los Hurones, y Rufino, un rufián de pelo en pecho que había llegado a teniente general de Usurón a fuerza de codazos. Aunque los tres

eran HUMI (Hurones Muy Importantes),
parecían estudiantes camino del despacho del
director. No era para menos: Usurón tenía
muy mal carácter. Y si sus susurros eran
aterradores, mucho peores eran sus repenti-
nos aullidos rabiosos.

   Al ver a los HUMI, los guardias estaciona-
dos frente al despacho de Usurón adoptaron
la posición de firme y saludaron. Los HUMI
supieron que estaban metidos en un gran lío
en cuanto entraron al despacho. Esto era evi-
dente por los gestos de Usurón, que con toda
claridad decían: GRAN LÍO. Usurón, sentado
al extremo de una gran mesa, tamborileaba
en ella con sus dedos. Sus ojos amarillos bri-
llaban en la oscuridad. Cerca de él había un

proyector de películas. Usurón apretó un botón y un rayo de luz atravesó las tinieblas y proyectó una imagen en la pantalla gigante. Una imagen inquietante.

Era la foto de los osos scouts Hermano Oso, Hermana Osa, Fredo y Lía. Cuando el general Odón vio eso, su corazón se detuvo. Supo inmediatamente que esa foto había sido tomada por una de las cámaras del Servicio de Seguridad del País de los Hurones. Lo podía deducir por los túneles iluminados por antorchas. De alguna forma, los osos scouts habían violado el secreto del País de los Hurones. No había lugar a dudas. La foto lo probaba.

El general Odón, a cargo de la seguridad, se quedó esperando un gran aullido. No quedó desilusionado. Palabras como, "estúpido", "idiota" y "traidor" rebotaron en las paredes del siniestro despacho. Usurón estaba furioso: "Su obligación es proteger al País de los Hurones de ojos indiscretos —gritaba—¿ y qué es lo que hace? Permite que esos repulsivos osos scouts caminen por el País de los Hurones como Pedro por su casa. Los mismos scouts que destruyeron mi hermoso plan de la Gran Calabaza. ¿Recuerda, mi querido general?"

¿Cómo podía Odón olvidarlo? El plan de la calabaza le había costado su puesto de general. Nunca más podría mirar una calabaza en la cara. Le había costado mucho rehacer su camino y reconquistar sus galones.

Usurón, que había pasado del tamborileo a una rabia descomunal, volvió a tamborilear sobre la mesa.

—Rufino —dijo.

—Sí, Gran Jefe —contestó Rufino.

—Tome nota del orden del día —dijo Usurón.

Inmediatamente, Rufino preparó lápiz y papel.

—El orden del día —dijo Usurón—, es *¡muerte y destrucción de los osos scouts!*

—Cabo Odón —agregó Usurón—. ¡Retírese!

El ex general Odón se arrastró fuera del despacho.

—Rufino —continuó Usurón—, usted y el doctor Mengano se quedan. Todavía tenemos mucho que hablar.

• Capítulo 2 •

En el prado del granjero Prudencio

Por una coincidencia increíble los scouts Hermano Oso, Hermana Osa, Fredo y Lía pasaban justo en ese momento por encima del despacho del Gran Jefe Máximo Usurón y se aprestaban a trepar la cerca del prado de la granja de Prudencio.

—¡El último en trepar tiene cara de sapo aplastado! —gritó Fredo.

—¡No es justo! —protestó Hermano Oso.

Hermano Oso tenía razón para protestar. Iba cargando una enorme maqueta de aeroplano y fue el último en trepar.

—Tienes cara de sapo aplastado —dijo

Fredo riendo junto con Hermana Osa. La única que no reía era Lía.

—Me gustaría que no dijeras cosas como ésas —dijo Lía.

—¿Cosas como qué? —preguntó Fredo.

—Como que el último tiene cara de sapo aplastado —dijo Lía.

—Es sólo una expresión —dijo Fredo.

—Puede ser —contestó Lía—, pero es una falta de respeto hacia los sapos.

—Por favor —dijo Fredo—. Ya no se puede ni hablar...

—Así es nuestra querida Lía —dijo Hermana Osa con una sonrisa, mientras abrazaba a sus dos amigos—. No te preocupes, Lía, si lo dice de nuevo le doy un coscorrón.

Así era Lía. Amaba los animales. Y no sólo los mimosos de grandes ojos de terciopelo. También los gusanos, las arañas y los escarabajos.

Los osos del famoso "Uno para todos, todos para uno" eran un equipo muy unido. No sólo andaban juntos, sino que además se entendían bien. Pero cada uno tenía su propia personalidad, con intereses y talentos especiales. Lía sabía tratar con los animales, mientras que Hermana Osa, sin ser tonta, tenía tendencia a meterse en líos. En cuanto a Fredo, no sería justo decir que, porque leía el diccionario y la enciclopedia para entretenerse, fuera un sabelotodo. Pero tampoco sería una exageración.

En cuanto a Hermano Oso, que era el líder extraoficial de la patrulla (la líder oficial era Cándida), era hábil en muchas cosas. Era bueno para los deportes y tenía muchos pasatiempos. Uno de sus pasatiempos favoritos era hacer aeromodelismo, es decir, construir pequeños aviones y hacerlos volar. Justamente por eso es que estaban en el prado del granjero Prudencio: para hacer volar el primer modelo de aeroplano a gasolina. Hasta ahora sólo había construido y hecho volar unos con gomita elástica.

—¿Qué estás haciendo con ese gotero? —preguntó Hermana Osa.

—Estoy llenando el tanque con gasolina —contestó Hermano Oso.

—¿Y por qué con un gotero? —preguntó Lía.

—Porque he pasado semanas contruyendo esto —dijo Hermano Oso—, y ahorré durante meses para comprar el motor. Si pongo mucha gasolina, podría volar muy lejos. Fredo, sujeta la cola mientras hago girar la hélice. Pero no lo sueltes hasta que te lo diga.

Hermano Oso hizo girar la hélice como lo hacían con los primeros aeroplanos en las películas de blanco y negro. Después de unas cuantas vueltas, el pequeño motor se encendió con un gruñido. ¡Qué alboroto! Por eso estaban en el prado de Prudencio.

—¡Listo! ¡Suéltalo ya! —gritó Hermano
Oso.

El aeroplano rugió mientras se elevaba por
los aires como si estuviera persiguiendo algo.

—¡Oh! ¡Miren cómo sube! —gritaba
Hermana Osa.

—¡Yupii! —gritó Lía.

Lía miraba el aeroplano y corría detrás de él mientras se elevaba más y más. Pero, como ocurre a menudo cuando uno no mira donde camina, Lía se cayó. Afortunadamente el pasto era alto y no se lastimó. Pero la caída le cortó la respiración. Lía se sentó sobre el pasto y observó el aeroplano. El resto de la patrulla llegó corriendo.

—¿Te lastimaste? —preguntó Hermana Osa.

—No —dijo Lía—, estoy bien. Pero, ¡miren, arriba hay otro avión! ¡Van a chocar!

Los scouts miraron en la dirección que Lía indicaba. En efecto, había otro avión. Pero no iban a chocar.

—Tranquilos —dijo Fredo—. Es un avión de verdad y va a dos mil pies por encima del nuestro.

El avión de verdad era un biplano de esos que llevan banderolas de publicidad. Y éste llevaba una.

—¿Qué dice? —preguntó Hermana Osa, mientras trataba de leer. Justo en ese momento los gruñidos del aeroplano se transformaron en eructos.

—¿Qué pasa? —preguntó Lía.

—Nada —dijo Hermano Oso—. Se le acabó la gasolina.

El aeroplano comenzó a bajar.

—¡Vamos a buscar el aeroplano! —dijo Hermano Oso.

—"Anuncio a todos los osos" —leyó Lía—. "¡La Cabaña de la Pizza llega a Villaosa! ¡Lea nuestro anuncio en el periódico de hoy!"

—¿Eh? —exclamó Fredo.

—Eso es lo que dice el cartel que lleva el biplano —dijo Lía.

El resto de la patrulla se detuvo y miró hacia arriba.

—Así es —dijo Fredo.

• Capítulo 3 •

Comencemos por lo primero

Máximo Usurón y Rufino observaban al doctor Mengano, que iba y venía frente a la mesa del despacho del Gran Jefe.

—Humm —dijo—, así es que usted quiere que instale un sistema de seguridad a prueba de balas, que proteja al País de los Hurones de los ojos de los curiosos.

—Un sistema de seguridad a prueba de *osos scouts* —dijo Máximo Usurón.

—Y lo quiere lo antes posible —agregó el doctor caminando de aquí para allá.

—¡Lo quería para *ayer*! —gritó Usurón golpeando sobre la mesa.

—Humm —dijo el doctor Mengano, que

seguía caminando—. Un sistema de seguridad a prueba de osos scouts desde ayer... Bueno, déjeme pensar. Tendré que combinar un sistema de alarma con un sistema de captura. Ajá... sí, sí. Podría funcionar. Por otro lado, quizás sea mejor combinar un sistema de captura con un sistema de alarma...

No se necesitaba mucho para que Usurón perdiera la paciencia. Su irritación crecía y crecía mientras miraba al doctor Mengano ir y venir. Pero el Gran Jefe logró contener su mal humor. El doctor Mengano era un científico genial. Era él quien había inventado la semilla mágica de la gran calabaza. No era culpa suya si el plan había fracasado. Era la culpa de esos osos scouts entrometidos. De

sólo pensar en ellos se le ponían los pelos de punta.

—Bueno, Mengano —aulló Usurón sin poder contener más su mal humor—. ¿Puede o no puede?

—¿Eh? ¿Qué? —dijo Mengano—. ¿Qué dijo?

—¿Puede usted crear ese sistema de seguridad? —preguntó Usurón.

—Bueno, sí, por supuesto que puedo —dijo Mengano.

—Rufino —dijo Usurón—, lleve al doctor a su laboratorio para que comience inmediatamente su trabajo.

—Por aquí, doctor —dijo Rufino, llevándose a Mengano del brazo. Cuando estaba por salir, se volteó—. Jefe, con respecto a esa orden del otro día...

—Comencemos por lo primero —dijo Usurón—. Primero el sistema de seguridad. *Luego*, muerte y destrucción.

• Capítulo 4 •

Un lugar fantasmal

—¿Qué les parece? —dijo Hermana Osa—.
La Cabaña de la Pizza viene a Villaosa.

Hermana Osa, Lía y Fredo se dirigían
lentamente hacia el fondo del prado de
Prudencio, donde Hermano Oso estaba con su
aeroplano.

—Una vez fui a una con mi papá en
Granosa —dijo Fredo.

—¿Cómo era? —preguntó Lía.

—¡Genial! —dijo Fredo—. Tienen pizza de
molde y de todas clases, y más sabores que en
la heladería Humorosa.

—Entonces, eso es lo que estaban cons-
truyendo —dijo Lía—. Hace poco fui con

mamá al centro. Está justo a la vuelta de Las Hamburgosas.

—¡Ojalá que abran pronto! —dijo Fredo—. ¡Me encanta la pizza!

—En casa, a todos nos gusta la pizza —dijo Hermana Osa—. Sobre todo a papá. La pizza es su desayuno preferido.

—La pizza no se come en el desayuno —dijo Lía.

—Díselo a mi papá —dijo Hermana Osa con una sonrisa—. Se las hace él mismo. Le encanta hacer girar la masa. Un día lanzó una al aire y se quedó pegada en el techo. Le dijo a mamá que no se preocupara porque como ella tenía el techo siempre tan limpio, la podía comer. Mamá le hizo raspar el techo. Ahora sólo puede hacer girar la masa en el jardín.

—Hablando de raspar, ¿qué es eso en la punta del aeroplano? —preguntó Fredo.

—Es barro —dijo Hermano Oso—. Está lleno de barro por aquí, y el aeroplano cayó de punta.

El aeroplano había aterrizado en el extremo más alejado del campo, al borde del bosque que estaba entre la granja y el río. Eran tierras bajas y pantanosas que el granjero Prudencio llamaba La Hondanada. Justo en el borde del bosque había un profundo barranco lleno de árboles de troncos retorcidos y ramas entrelazadas y de enormes rocas aquí y allá. Era un lugar fantasmal.

—¿Vas a intentar otro vuelo? —preguntó Fredo.

—Pensaba hacerlo —dijo Hermano Oso—, pero cambié de idea. ¿Quién sabe dónde caerá la próxima vez? Ya vieron lo lejos que fue con una sola gota de gasolina. Con el tanque lleno podría haber caído en el río, y hasta podría haber desaparecido.

Hermano Oso limpió el aeroplano lo mejor que pudo.

—Tiene que haber otra forma —dijo mientras volvía a su casa con sus amigos.

—Hay otra forma —dijo Fredo—: se llama "control remoto".

—Eh, claro que sí —dijo Hermano Oso.

—Vamos a ver al profesor Ipso Facto —dijo Fredo.

—Humm —dijo Hermana Osa—. Quizás podamos obtener una medalla al mérito por alta tecnología con todo esto.

• Capítulo 5 •

Un nuevo Gaspar

En Granosa, la capital del País de los Osos, la inauguración de la Cabaña de la Pizza no hubiera sido un gran evento. Granosa estaba llena de pizzerías y restaurantes de comida rápida, pero Villaosa no era una gran ciudad y la inauguración de la Cabaña de la Pizza, aún sin la publicidad en aviones, periódicos y televisión, era todo un acontecimiento.

Las Hamburgosas era el único restaurante de comida rápida en Villaosa y los osos scouts iban allí a menudo. Pero ahora, a dos pasos de allí, trabajaban en la construcción de la Cabaña de la Pizza.

Los osos scouts iban camino del Instituto

Osonian para pedir al profesor Ipso Facto consejo sobre cómo controlar por radio el aeroplano de Hermano Oso. Pero era tanto lo que se hablaba de La Cabaña de la Pizza que decidieron pasar por la ciudad para echar un vistazo.

El enorme aeroplano rojo y amarillo de Hermano Oso llamaba la atención, pero nada comparado con la atención que generaba la nueva Cabaña de la Pizza.

—¡Oh! —dijo Hermana Osa—. ¡Grandioso!

—No se parece mucho a una cabaña —dijo Lía.

—Exacto —agregó Fredo—. Debería llamarse El Palacio de la Pizza.

—Me alegro de que les guste mi trabajo —dijo alguien detrás de ellos.

A pesar de reconocer la voz, los osos scouts se sorprendieron al ver a Gaspar Estafoso, el más grande estafador de Villaosa. Se decía que Gaspar no sólo robaba todo lo que no estaba bien amarrado, sino que también era bastante hábil haciendo nudos. Como siem-

pre, vestía de manera llamativa. Lo único
nuevo en su traje escocés verde, sus polainas
y su bastón era una etiqueta en su sombrero
de paja, que decía "Cabaña de la Pizza".

—¿Su trabajo? —dijo Hermano Oso—.

¿Qué hace usted por aquí, y qué tiene que ver con la Cabaña de la Pizza?

—Aquí tienen mi tarjeta —dijo Gaspar mientras les entregaba una tarjeta comercial que decía:

GASPAR ESTAFOSO
PUBLICIDAD Y PROMOCIÓN
MARQUE E-S-T-A-F-A-S
(LA ÚLTIMA "S" ES POR
SORPRENDENTE)

—¿Esto quiere decir que se ha vuelto honesto, Gaspar? —preguntó Hermano Oso.

—Si es que puedes llamar honesta a la publicidad y a la promoción —dijo Fredo en voz baja.

—Exacto. Tengo el honor de decirles que están hablando con un Gaspar completamente renovado —dijo Gaspar—. Honesto hasta la médula, derecho como una lanza.

—¿Ah, sí? —dijo Hermana Osa—. ¿Y qué pasó con el viejo Gaspar?

—El viejo Gaspar, mi pequeña —dijo Gaspar—, está completamente muerto. Es cosa del pasado. Totalmente borrado.

—¡Ajá! —dijo Fredo.

Los osos scouts no podían dejar a un lado sus sospechas. Después de todo, fue Gaspar quien trató de engañar a Papá Oso con la semilla de la calabaza gigante. También fue el responsable del plan de la cueva de los murciélagos y de la estafa de la terrible termita habladora. Pero los osos scouts no querían prejuzgar y estaban dispuestos a dar a Gaspar otra oportunidad.

—¿Exactamente qué tiene que ver usted con la Cabaña de la Pizza? —preguntó Hermano Oso.

—¿Que qué tengo que ver? —exclamó Gaspar—. ¡Todo! Gaspar Estafoso, Publicidad y Promoción, dirige todo el proyecto. ¡Éste es mi bebé! Estoy encargado de la inauguración. ¡Y, créanme, será una gran inauguración! Habrá banderolas, globos, fuegos artificiales y palabras escritas en el cielo. ¡Mi amigo el alcalde Jarrodulce aceptó cortar la primera porción de pizza con una ruedita de oro!

—Todo eso parece muy interesante, Gaspar —dijo Hermano Oso—. Parece que la Cabaña de la Pizza hace una excelente pizza. ¿Por qué no...?

—¿Excelente pizza? Humm —continuó Gaspar—, se ve que no sabes mucho de publicidad. Uno vende el chisporroteo, no el bistec; el ruido, no las nueces; el aroma, no la pizza. Tomen uno de estos panfletos. Les informa todo sobre la gran inauguración.

Gaspar se volteó para recibir a otros transeúntes, pero se detuvo a la mitad.

—Eh, scouts, ¿sabían que llevan un enorme aeroplano rojo y amarillo?

—Sí —dijo Hermano Oso con una gran sonrisa—. Lo sabíamos.

Los scouts siguieron su camino hacia el Osonian.

• Capítulo 6 •
Atrapado

Mientras los osos scouts avanzaban por las
calles de Villaosa, el doctor Mengano avanzaba por el túnel iluminado con antorchas por
el que había pasado antes. Y, una vez más,
formaba parte de un trío. El doctor Mengano
abría la marcha. Detrás de él dos ayudantes
vestidos de blanco cargaban lo que parecía
ser una tina y que, en efecto, *era* una tina. Si
los guardias que se alineaban por las paredes
del túnel encontraron algo extraño en esto, no
lo demostraron.

Los guardias que vigilaban la entrada del

despacho del Gran Jefe tampoco parecían sorprendidos. Usurón, por su parte, mostró gran sorpresa, su mal humor y una gran cantidad de dientes.

—¿Qué es esto? —rugió, brincando como si su silla estuviera hecha de resortes—. ¡Ordené un sistema de seguridad, no un baño! ¡Que venga la guardia! ¡Encadenen a Mengano! ¡Pónganlo a pan y agua!

—Cálmese, jefe —dijo Rufino—, deje que el doctor Mengano le explique.

Por supuesto —dijo Mengano—, como le dije anteriormente, un sistema de seguridad para el País de los Hurones debe combinar un sistema de alarma con un sistema de captura. Dada la gran cantidad de túneles y entradas de nuestro país, un sistema de alarma no sería suficiente.

—¿Por qué no? —gruñó Usurón.

—Porque —dijo Mengano—, el País de los Hurones tiene tantos recovecos y escondrijos que cualquier intruso podría esconderse antes de que la guardia llegara a él. Por lo tanto...

—¡Acabe ya! —gruñó Usurón.

—Por lo tanto, un sistema de seguridad apropiado debe poder capturar y retener al intruso mientras la guardia llega a él. Para eso debo utilizar lo que he llamado el principio de la calabaza. Usted recordará cómo aquella semilla reventó hasta transformarse en una calabaza grande como una casa...

—¡Por supuesto que recuerdo! —dijo el Gran Jefe—. Pero no podemos tener calabazas que revientan por todos lados...

—Con su permiso, señor —dijo el doctor—, mi plan no consiste en calabazas.

—¿Y en qué consiste entonces? —preguntó Usurón.

—En engrudo —dijo Mengano.

—¿Engrudo? —dijo Usurón.

—Sí, señor, engrudo controlado por radio. Es decir, control remoto —dijo Mengano—. Permítame que le muestre...

—Muéstreme —ordenó Usurón.

El doctor Mengano buscó en su maletín y sacó una pequeña radio.

Siguió urgando en su maletín y sacó una caja con tapa. Adentro, sobre una mota de algodón, había algo blanco que se parecía a un frijol.

Rufino se inclinó para ver mejor, pero el doctor lo retuvo frunciendo el ceño. Entonces, Mengano sacó el frijol de la caja y lo depositó con cuidado en la tina. Y volvió a buscar en su maletín. Esta vez sacó un osito de peluche.

—¡Aléjense, por favor! —dijo Mengano, mientras movía el dial de la radio y lanzaba el osito dentro de la tina.

Más rápido de lo que uno puede contarlo, el frijol blanco explotó transformándose en un menjunje blanco que llenó la tina hasta desbordarla.

Rufino tragó saliva. Usurón miraba con asombro.

—¿Dónde está el osito de peluche? —preguntó Usurón.

—Está atrapado —dijo Mengano.

Usurón estiró el brazo y tomó un puñado de engrudo.

—Humm —dijo—. Parece una mezcla de masa de pan y baba de perro.

Estiró el brazo otra vez dentro del engrudo
y sacó el osito. El pobre era un desastre.

—Usurón miró al osito a los ojos.

—¡Te atrapé! —dijo.

• Capítulo 7 •

Ayuda del profesor

—Esto es una hermosa obra de arte —dijo el profesor Ipso Facto mientras estudiaba el aeroplano desde todos los ángulos.

—Gracias, profesor —dijo Hermano Oso.

Los elogios del profesor eran elogios de verdad. El profesor no sólo era el director del Osonian, sino también el director de CAE, el Centro de Aeronáutica Espacial de Villaosa.

Cuando los osos scouts llegaron al museo, don Grisoso, el asistente del profesor, los había conducido al taller. Los osos scouts ya habían estado allí antes. Era un lugar fabuloso. Allí trabajaba el profesor en sus proyectos e invenciones.

—¡Excelente! —dijo el profesor—. ¿Lo hiciste todo tú?

—Así es. Excepto el motor, por supuesto. Pero estábamos pensando en ponerle control remoto y nos preguntábamos...

—¿Puedo hacer una sugerencia? —dijo el profesor—, ¿Por qué no usan control remoto?

—¡Qué buena idea! —exclamó Hermana Osa.

—Y —dijo Hermano Oso—, también hemos estado pensando que quizás haya alguna medalla al mérito por alta tecnología que podríamos obtener si trabajamos con control remoto.

—Se me acaba de ocurrir que quizás haya alguna medalla al mérito por alta tecnología que podrían obtener si trabajan con control remoto —dijo el profesor.

—¿Cómo no se nos ocurrió antes? —dijo Lía.

Así era con el profesor. Algunas veces su "sistema de transmisión" funcionaba mejor que su "sistema de recepción". Pero, sea como sea, el profesor los despidió con un sistema de transmisión *de verdad* y con un sistema de recepción *de verdad*, junto con un libro sobre cómo construir un control remoto por radio para el aeroplano.

• Capítulo 8 •

¡Toda la pizza que pueda comer, *para toda la vida*!

No fue fácil, pero los scouts lograron montar el sistema de control remoto en el aeroplano. Trabajaron sin parar en el taller de Papá Oso. Papá Oso los ayudó, y aunque su especialidad era la carpintería, también era muy hábil con otras herramientas. Sabía mucho de electricidad y también de pilas. Con su ayuda lograron montar el receptor de radio en el cuerpo del aeroplano.

Pero eso no fue lo más difícil. Lo más difícil fue conectar el receptor con el mecanismo de dirección. Debían usar un cable muy fino y Papá Oso no pudo ayudarlos con eso. Sus

dedos eran muy gruesos. Los dedos de
Hermano Oso y de Fredo también eran muy
grandes. Pero no los de Hermana Osa y Lía
que no sólo estaban acostumbradas a hacer
trabajos delicados, como collares y brazaletes,
sino que también sabían usar las agujas de
tejer para hacer ropa para sus muñecas.

Hermano Oso y Fredo observaban mientras Hermana Osa y Lía hacían el trabajo.

—Papá Oso, ¿qué piensas de nuestro aeroplano a control remoto? —preguntó Hermano
Oso.

Pero Papá Oso no los escuchó. Estaba muy
concentrado leyendo. Hermano Oso se encogió
de hombros y se dirigió hacia sus amigos:

—Creo que llegó la hora del lema —dijo.

Los osos scouts levantaron unos pedazos
de madera balsa y los cruzaron. Al grito de
"Uno para todos, todos para uno" Papá Oso
levantó la cabeza.

—¿Eh? ¿Qué? —preguntó.

—Nada, papá —dijo Hermana Osa.

—¿Nada? —dijo Papá Oso—. ¿Cómo que
nada? ¿Vieron esto?

¡UNO PARA TODOS

TODOS PARA UNO!

—Claro, papá, lo trajimos nosotros —dijo
Hermano Oso—. Es el panfleto de la gran
inauguración de la nueva Cabaña de la Pizza.

—Habrá globos, regalos y bandas de músicos. Y, lo mejor de todo —dijo Papá Oso—,
habrá un concurso de hacer girar la masa.
¿Saben cuál es el premio? ¡Toda la pizza que
pueda comer, para toda la vida! ¡Y qué
sabores! ¡Oh! Me van a tener que disculpar,
pero tengo que ir a practicar.

—Y nosotros —dijo Hermano Oso—,
vamos a probar nuestro nuevo aeroplano a
control remoto.

• Capítulo 9 •

¡Un puñal en la puerta!

El "nuevo" Gaspar caminaba ensimismado en sus pensamientos por el sendero que conducía a su casa flotante. Pensaba en todo el dinero que ganaría con la inauguración de la Cabaña de la Pizza. El nuevo Gaspar recibiría dinero por su trabajo de publicidad, por supuesto. Pero Gaspar tenía en mente algunas ganancias "extras".

Cinco de los más prestigiosos carteristas de Villaosa asistirían a la inauguración. La multitud sería enorme. Gaspar y sus viejos amigos carteristas se repartirían el botín. Y como el jefe de policía Bruno y la oficial Margarita eran los únicos policías de

Villaosa, no corrían peligro de que los atraparan.

Tito Moscoso también asistiría al acontecimiento. Tito siempre viajaba con una pequeña botella de moscas en su bolsillo. Su plan era el siguiente: ordenaba comida en un restaurante lleno de gente. Cuando el plato llegaba, deslizaba con disimulo una de sus amiguitas en el plato. Luego se ponía a gritar: ¡Moscas! ¡Moscas! La estafa siempre resultaba en unos billetes deslizados con rapidez bajo la mesa por el director del establecimiento.

Gaspar caminaba por el bosque con una gran sonrisa en los labios. Pensar en estafas y robos le hacía sentirse muy bien. Pero mientras miraba su casa flotante en la lejanía, vio algo que le heló la sangre en las venas.

Era un mensaje clavado con un puñal en su puerta.

Gaspar miró a su alrededor. Todo parecía tranquilo. Corrió por la pasarela, retiró el puñal y leyó la nota. Ésta decía:

REUNIÓN IMPORTANTE
VENGA INMEDIATAMENTE

La nota no tenía firma, pero Gaspar sabía muy bien de quién era. Pero, ¿por qué estaba todo tan silencioso?

Al entrar en su casa flotante supo porqué. El pico de su loro estaba atado. ¡Pobre Chillón! Gaspar lo desató lo más rápido que pudo.

—¡Hurones! —chilló Chillón—. ¡Sucios hurones!

Sucios hurones, en efecto, pensó Gaspar temblando mientras calmaba a Chillón con unas galletitas.

• Capítulo 10 •
Vuelo de prueba

—¿Crees que funcionará? —dijo Hermana Osa.

—Sólo hay una forma de saberlo —dijo Hermano Oso, que acababa de poner la tercera gota de gasolina en el tanque.

Los osos scouts estaban nuevamente en el prado de Prudencio. Pero en vez de ir directamente, primero pasaron por la casa de la líder scout Cándida para mostrarle el aeroplano. Le habían contado que le habían puesto un sistema de control remoto y hasta le habían mostrado cómo funcionaba.

—¡Fíjese! —dijo Hermano Oso—. Cuando empujamos la palanca hacia adelante, la cola baja en el aire y el aeroplano sube.

—¡Extraordinario! —dijo Cándida asombrada.

Por supuesto el aeroplano no estaba en el aire. Estaba encima de la mesa de Cándida.

—Y cuando movemos la palanca hacia atrás —continuó Hermano Oso—, la cola sube y el aeroplano baja.

—¡Fantástico! —exclamó Cándida—. Ojalá pudiera acompañarlos en la prueba. Pero tengo una montaña de papeles que corregir.

Además de ser la líder de la patrulla, Cándida era maestra de Villaosa, y Hermana Osa y Lía eran sus alumnas. A pesar de ser un adulto, Cándida siempre se entusiasmaba con las cosas que hacían los osos scouts.

—En cuanto a la Medalla al Mérito por Alta Tecnología —dijo Cándida—, no veo ningún inconveniente. Es en realidad una medalla avanzada, pero no cabe duda que el control remoto se puede considerar alta tecnología. ¿De dónde le viene la energía? No veo ningún enchufe.

—De las pilas —explicó Fredo—. Hay una grande en la caja de control y otra pequeña en el aeroplano.

—¿Cómo hacen para que dé la vuelta? —preguntó Cándida jugando con la palanca.

—Eso lo dejamos para más tarde —dijo Hermano Oso—. La pila del aeroplano es pequeña y débil. No queremos usarla mucho.

—Mientras vuela no hay problema —dijo Hermana Osa—, ya que el motor recarga la pila.

—Igual que en un auto —dijo Lía.

La líder scout Cándida observó pensativamente a Hermana Osa y a Lía. No dijo nada, pero estaba orgullosa de que se interesaran por la alta tecnología. Cuando ella era una pequeña cachorra, las niñas no sabían nada de aeroplanos, autos ni pilas. Cándida estaba contenta de que ahora fuera diferente.

—Muy bien, scouts —dijo mientras los

acompañaba a la puerta—, tengo mucho que hacer, y ustedes también.

—¿Vieron la mirada pensativa que tenía? —dijo Hermana Osa.

—Sí —respondió Lía—. ¿Qué crees que significa?

—¿Me lo preguntas a mí? —dijo Hermano Oso—. No es fácil entender a los adultos.

Los osos scouts estaban listos para la prueba. El tanque de gasolina estaba lleno. Hermano Oso se disponía a hacer girar la hélice para encender el motor. Los scouts habían decidido turnarse para manejar la caja de controles. Fredo sería el primero. Luego Hermana Osa, y Lía después. Hermano Oso se ocuparía del aterrizaje, que era la parte más difícil.

El motor se encendió con la primera vuelta de la hélice. El aeroplano se elevó en el aire con un rugido, como antes. Pero esta vez estaba bajo control. Bajo control remoto.

—Muy bien, Fredo —dijo Hermano Oso—. Ponlo en subida lenta.

Fredo movió con cuidado la palanca hacia atrás y el aeroplano subió unos doscientos pies en el aire. ¡Era todo un espectáculo!

—¡Oh! —exclamó Hermana Osa.

—¡Yupiii! —gritó Lía.

—Muy bien —dijo Hermano Oso—. Ahora, hazlo dar vueltas.

Fredo movió un poco la palanca hacia la izquierda. ¡Era sorprendente! El aeroplano hacía exactamente lo que le ordenaban.

—Ahora es el turno de Hermana Osa —dijo Hermano Oso.

Hermana Osa tomó los controles y mantuvo el aeroplano volando en grandes círculos.

¡Era una experiencia emocionante!

—Ahora me toca a mí —dijo Lía.

Cuando Lía tomó los controles, las cosas empezaron a andar mal, muy mal. El avión comenzó a girar y a dar vueltas. Luego vaciló, y se dirigió hacia el extremo del campo.

—¡No, Lía! ¡Así no! —gritó Hermano Oso—. ¡En círculos, en círculos!

—¡Estoy haciendo lo que puedo! —gritaba Lía.

Hermano Oso le arrebató los controles. Movió la palanca hacia todos lados. Sin resultado.

—¡No entiendo! —dijo Hermano Oso—. ¡Es como si una fuerza extraña lo alejara de nosotros!

El aeroplano estaba ahora encima del barranco y bajó en picado.

—¡Se va a estrellar! ¡Se va a estrellar! —gritó Lía.

—¡Se cae! ¡Se cae! —gritó Hermano Oso, mientras el aeromodelo se perdía dentro del precipicio.

• Capítulo 11 •

El agujero de los hurones

¡Cuidado! ¡La ladera es empinada! —los alertó Hermano Oso cuando llegaron al borde del precipicio.

—Empinada y llena de basura —dijo Hermana Osa.

Los osos iban mirando hacia todos lados mientras bajaban. No había ni rastros del aeroplano.

—Puede estar en cualquier lado —dijo Lía—. Quizás entre esas rocas.

Las puntiagudas rocas sobresalían como dientes enormes.

—Quizás voló hacia el bosque —dijo Fredo.

—No creo —dijo Hermano Oso—. Estoy seguro de que cayó por aquí.

—Éste es un lugar siniestro —dijo Lía.

—Así es —dijo Hermano Oso—, pero tenemos que encontrarlo. Vamos. Separémosnos para buscarlo.

—Hagamos de cuenta que lo hicimos —dijo Hermana Osa.

—Sí, quedémosnos juntos —dijo Lía.

Hermano Oso abría el camino y fue él quien descubrió el aeroplano. No se había estrellado; simplemente había aterrizado sobre el pasto seco, quizás el único lugar seco en todo el barranco. Hermano Oso corrió a recuperarlo.

—No se rompió —dijo Hermano Oso.

—¡Qué alivio! —suspiró Fredo.

—Sí —dijo Hermana Osa—. ¡Con el trabajo que nos costó!

—¡Shhh! —dijo Lía—. Alguien viene.

—Yo no escucho nada —dijo Hermana Osa.

Pero Hermano Oso sabía que no había que

discutir. Lía tenía un oído agudísimo, y en más de una oportunidad los había sacado de apuros.

—¡Rápido! —dijo—. Escondámosnos detrás de esta roca.

Lía tenía razón. Alguien se acercaba.

—¡Miren! —murmuró Hermana Osa—. ¡Es Gaspar!

—¿Es el *nuevo* Gaspar o el *viejo* Gaspar? —dijo Fredo.

—Por la forma en que se arrastra, yo diría que es el viejo Gaspar —dijo Hermano Oso.

—¿Qué lleva en las manos? —dijo Lía.

—Parece ser una caja de pizza —dijo Hermano Oso.

—Éste no es precisamente un lugar para llevar pizza —dijo Hermana Osa.

Gaspar se acercaba al barranco por el lado del bosque y parecía saber exactamente adonde iba. A diferencia de los osos scouts, Gaspar bajó por unos escalones de piedra y fue derecho al lugar donde había caído el aeroplano. Cuando llegó, miró con cuidado a su alrededor y agachándose levantó el pasto como si fuera una tapa. Debajo había un agujero. Gaspar se metió por él con su caja de pizza y cerró la tapa detrás de sí.

—¿Ustedes están pensando lo mismo que yo? —preguntó Hermano Oso.

—Los hurones —dijo Fredo.

—Yo también pensé lo mismo —dijo Lía.

—Hurones, sin duda —dijo Hermana Osa.

—Vamos —dijo Hermano Oso.

—¿Qué vamos a hacer? —preguntó Fredo.

—Seguir a Gaspar —dijo Hermano Oso.

—¿No será peligroso? —preguntó Fredo.

—No tanto como no seguirlo —dijo Hermano Oso.

—Hermano Oso tiene razón —dijo Hermana Osa—. Gaspar es de por sí un problema. Pero aún más cuando se mete con los hurones.

—¿Qué haremos con el aeroplano? —preguntó Lía.

—Lo cubriremos con arbustos y lo esconderemos detrás de esta piedra —dijo Hermano Oso—. Lo recuperaremos al volver.

—Quieres decir *si* volvemos —dijo Fredo.

Los osos scouts se apuraron a esconder el aeroplano. Luego, levantaron la tapa de pasto y se deslizaron por el agujero.

• Capítulo 12 •

A la espera de Gaspar

Cuando Máximo Usurón supo que el sistema de seguridad estaba listo, se puso tan contento que dio unos pasos de baile. Rufino nunca lo había visto bailar.

—¿Está usted bien, jefe? —preguntó.

—Estoy más que bien —contestó Usurón, apretando con fuerza la mano de Rufino; Usurón no sólo era el hurón más malo e inteligente, sino también el más fuerte—. ¿Quiere saber por qué?

Rufino no pudo hablar del dolor y asintió con la cabeza.

—Porque una vez que el sistema de seguridad esté funcionando, querido amigo —dijo Usurón—, podremos entrar en la segunda parte del plan: ¡la muerte y destrucción de los osos scouts!

Usurón entrecerró sus ojitos amarillos y sus afilados dientes asomaron en su boca cruel. De sólo pensar en los osos scouts se ponía furioso.

—¿Y? —rugió después de un corto momento de odio—. ¿Hacemos esa prueba, o no?

La prueba tendría lugar en el túnel que se encontraba frente a su despacho.

—Señor —dijo el doctor Mengano una vez que Usurón ocupó su silla—. Éste es el sistema de control central. Como usted puede ver, tiene una fila de botones. Cada uno es un punto de seguridad. Cuando un intruso pasa por ese lugar, el boton se enciende. Lo único que hay que hacer es presionar el botón. En este caso uno de mis asistentes hará de intruso.

Mengano le entregó la caja de control a Usurón.

—No necesitaremos a su asistente —dijo Usurón con una sonrisa—. Estoy esperando al tonto de Gaspar Estafoso. Él será nuestro intruso.

Con el dedo sobre el botón, Usurón fijó su mirada en el túnel.

• Capítulo 13 •

En la masa

Gaspar conocía muy bien el camino. Lo había seguido muchas veces, pero al avanzar por los túneles del País de los Hurones una parte de su mente vacilaba. Había algo en ellos que hacía que sus rodillas temblaran como gelatina. Sobre todo cuando se acordaba de Máximo Usurón. De sólo pensar en él se le ponía la piel de gallina.

Pero, por otro lado, su mente se regocijaba al pensar en el dinero. Esos hurones eran temibles, pero su dinero era excelente.

Para darse valor, Gaspar comenzó a cantar una pequeña canción. Una cancioncilla sobre dinero.

Me gusta mucho el dinero,
me gusta más que el pastel.
Me gusta mucho el dinero,
y mucho más que la miel.
El dinero calma el dolor
mucho mejor que un doctor.
Y más que su compañero
soy su gran admirador.
Me gusta mucho el dinero...

Gaspar comenzó a sudar. No era sólo el calor de la pizza. Se estaba acercando. Una vuelta más y conocería su destino: muchos problemas o mucho dinero. Quizás mucho, mucho dinero.

Al doblar el último recodo sintió un gran alivio. El propio Usurón lo estaba esperando. ¡Y sonreía! Pero, ¿qué era esa cosa con botones?

—Le traje un regalo, jefe. Una muestra de mi respeto —dijo.

"Humm, ¿qué es esa luz?"

En seguida Gaspar vio una montaña de masa pegajosa. La veía perfectamente porque estaba dentro de ella. A su alrededor, todo explotaba. ¿Qué estaba ocurriendo? ¿Qué estaban planeando los hurones? ¿Asfixiarlo? ¿Hornearlo como un pastel? Sus gritos de auxilio quedaron ahogados por la montaña de engrudo.

Los osos scouts habían visto todo lo ocurrido. Con mucho cuidado para no ser vistos, habían seguido a Gaspar dentro del agujero, por las complicadas escaleras hasta el corazón mismo del País de los Hurones.

—¡Oh! —dijo Fredo—. ¿Vieron eso?

—Sí, lo vimos —dijo Hermana Osa.

¡AU-XI-LIO!

—¡Pobre Gaspar! —dijo Lía.

—¿Qué quiere decir todo esto? —preguntó Hermano Oso.

—No sé —contestó Hermana Osa.

—¿Será una broma? —dijo Lía.

—¡Pues vaya broma! —dijo Fredo.

—Me da la impresión de que se trata de una prueba —dijo Hermano Oso.

—¿Una prueba de qué? —dijo Fredo.

—Es difícil decir —dijo Hermano Oso—. Quizás de un arma secreta.

—¿Un arma de ciencia ficción? —dijo Hermana Osa

—¡Vamos! —dijo Hermano Oso—. Salgamos de aquí. Tenemos que ir a hablar con Yayo.

Yayo Gris, el abuelo de Hermano Oso y Hermana Osa, era para los osos scouts el gran experto en materia de hurones.

• Capítulo 14 •

La fiesta de la pizza

—Humm —dijo Usurón—. ¿Cómo dijo que se llamaba? ¿Pizza?

—¡Deliciosa! —dijo el doctor Mengano.

—¡Exquisita! —dijo Rufino.

Gaspar no se había ahogado, por supuesto. Los hurones lo habían salvado a él y también la pizza. Y a pesar de estar muy molesto por su traje, que parecía haber sido horneado como un pastel, se alegraba al ver que los hurones no estaban enfadados con él. La pizza que había traído había causado sensación. Máximo Usurón, el doctor Mengano y Rufino repitieron porciones. Pronto lo único que quedó fue la caja. En realidad los hurones parecían muy interesados en la idea de la

Cabaña de la Pizza, especialmente Usurón.

—Cuénteme un poco sobre la Cabaña de la Pizza —dijo Usurón, chupándose los dedos.

—¿Qué quiere saber, jefe? —dijo Gaspar.

—Todo —dijo Usurón.

Así fue que Gaspar le contó todo. Le contó sobre las banderolas, los globos, la banda de músicos, la gran inauguración y el concurso de hacer girar la masa. ¡Todo! A Usurón le interesó sobre todo la inauguración y el concurso de hacer girar la masa.

—¿Así es que todo el mundo estará presente? —dijo Usurón.

—Toda la gente importante —dijo Gaspar.

—¿Eso incluye a los osos scouts? —preguntó Usurón.

—No se perderían la fiesta por nada del mundo —dijo Gaspar—. El papá de Hermano Oso y Hermana Osa es el favorito en el concurso de hacer girar la masa.

—¿Y el abuelo? —preguntó Usurón.

—Como le dije antes —dijo Gaspar—, asistirán todas las personas importantes.

—Muy bien, Gaspar —dijo Usurón—. Has sido muy útil con tu información.

—Me alegro mucho. A sus órdenes —dijo Gaspar—. Pero, eh..., ando un poco escaso de dinero...

—Por supuesto —dijo Usurón, haciendo un signo a Rufino, quien le arrojó una pequeña bolsa de dinero.

—Pero, jefe —dijo Gaspar—, mire cómo quedó mi traje. Con esto apenas si pago la limpieza.

—Es sólo un primer pago, amigo —dijo

Usurón—. Más tarde habrá mucho más.

—Como usted diga, jefe —dijo Gaspar, y se encogió de hombros—. Ya sabe donde encontrarme. Hasta pronto, amigos.

Usurón observó cómo Gaspar desaparecía en la oscuridad de los túneles y dijo:

—Amigos, ese charlatán me ha dado una idea que no sólo nos librará de los osos scouts, sino que además nos permitirá alcanzar nuestro objetivo.

—¿Quiere usted decir... apoderarnos del País de los Osos? —dijo Rufino.

—Exactamente —dijo Usurón—. Doctor Mengano, venga a mi despacho. Tenemos que hablar.

• Capítulo 15 •

¡Tendrías que haberlo visto, Yayo!

Los osos scouts fueron directamente a la casa de sus abuelos. Estaban en el estudio de Yayo contándole los extraños acontecimientos del día: cómo habían perdido control del aeroplano, su caída en el tenebroso barranco, cómo habían seguido a Gaspar por el agujero de los hurones y, finalmente, cómo habían visto a Gaspar atrapado en una montaña de engrudo.

—De verdad, Yayo —dijo Hermano Oso—. Tendrías que haberlo visto. ¡Era como una escena de la más extraña película de horror y ciencia ficción!

—Sí —dijo Fredo—. Como una escena de
El aullido del más allá.

—O de *El monstruo baboso del pantano*
—dijo Hermana Osa.

—O de *La venganza del cerebro en gelatina*
—dijo Lía.

—Debo confesar que no he visto esas
películas —dijo Yayo—. Pero tengo que hacer-
les algunas preguntas.

—Pregúntenos lo que quiera —dijo
Hermano Oso.

—¿Por qué creen que se trataba de una
prueba? —dijo Yayo.

—Bueno, daba esa impresión —dijo Hermano Oso—. Por la forma en que Gaspar iba por ese túnel, con su caja de pizza. El jefe de los hurones estaba con una caja llena de botones. Uno de ellos se encendió y ¡BUUUMM! Un menjunje blanco atrapó a Gaspar.

—¿Cómo era el menjunje blanco? —preguntó Yayo.

—Parecía engrudo pegajoso —explicó Hermano Oso.

—Simplemente se lo tragó —dijo Fredo.

—¡Fue aterrador! —se estremeció Hermana Osa.

—¡Pobre Gaspar! —dijo Lía.

—No me preocuparía mucho por Gaspar —dijo Yayo—. Los hurones lo pueden maltratar. Pero en realidad nunca le harían daño. Es demasiado útil para ellos.

Yayo se detuvo un momento y luego agregó:

—Dicen que Gaspar llevaba una caja. ¿Qué tipo de caja?

—Una caja como para pizza —dijo
Hermano Oso.

—Humm —dijo Yayo—. Me pregunto si todo
esto tendrá algo que ver con la Cabaña de la
Pizza. Parece increíble, pero cuando Gaspar y
los hurones se juntan, todo es posible.

—¿Crees que puede ser parte de un plan
para apoderarse del País de los Osos? —preguntó Hermana Osa—. Ya saben, como
cuando lo intentaron con la gran calabaza.

—No veo cómo podrían hacerlo con masa
para pan, aunque fuera por control remoto
—dijo Yayo—. Pero, como dije, todo es posible... ¿Piensan ir a la inauguración de la
Cabaña?

—A eso no podemos faltar —dijo Hermano
Oso—. Papá va a participar en el concurso de
hacer girar la masa. Tendría que ver cómo lo
hace. Yo creo que puede ganar.

—Entonces, esto es lo que haremos —dijo
Yayo—: pasaré a buscarlos con la camioneta,
así vamos todos juntos, y podremos estar
atentos por cualquier cosa.

• Capítulo 16 •

Un plan osado

Si Hermana Osa y el resto de la patrulla
hubieran conocido el plan de Usurón, se
hubieran asustado. No sólo había imaginado
un plan para lograr su más preciado objetivo,
apoderarse por completo del País de los Osos,
sino que pensaba usar a los propios osos
scouts para llevarlo a cabo. El plan de Usurón
era tan osado que hasta Rufino estaba asustado.

—Pero, señor —dijo Rufino— ¡eso sería
rapto de cachorros!

—Exactamente —dijo Usurón—. Y si tenemos suerte, también raptaremos a Yayo
Gris. Ya escucharon lo que dijo Gaspar. Todo

el mundo estará allí. Les caeremos encima tan rápido que ni se darán cuenta de lo que está pasando, y todo por control remoto. Cuando los osos scouts estén en nuestro poder, nadie podrá detenernos. Ubicaremos nuestros cañones en las tierras altas y el País de los Osos será nuestro. Los osos no levantarán ni un dedo. Estarán demasiado preocupados por sus preciosos cachorros.

En eso, alguien llamó a la puerta.

—Debe ser el doctor Mengano. Déjenlo entrar —ordenó Usurón—. ¿Y bien? ¿Cuál es

su respuesta? ¿Funcionará mi plan?

—Aquí está la respuesta— dijo el doctor Mengano, entregándole una gran píldora—. Tenga cuidado, señor. Esta píldora tiene suficiente helio como para hacernos volar a todos.

—¿Helio? —preguntó Usurón.

—Es el gas que hace que las naves aéreas livianas sean más livianas que el aire —explicó Mengano.

—¿Y cómo funcionará? —preguntó Usurón.

—He mezclado la capacidad de ascenso del helio con el principio de la calabaza —dijo el doctor Mengano—. Pero hay algo que tiene que entender, señor. Esta píldora debe ser mezclada en la masa de la pizza exactamente tres minutos y medio antes de ser arrojada al aire.

—Rufino —ladró Usurón—. Llame a Gaspar. Llegó la hora de que se gane su dinero.

• Capítulo 17 •

Los mejores sabores

Cuando los osos scouts finalmente llegaron a la gran inauguración de la Cabaña de la Pizza, no pudieron evitar sentirse un poco tontos. Yayo también sintió lo mismo. La razón por la cual se sintieron así era que la gran inauguración no parecía para nada ser una conspiración de los hurones.

Todo estaba muy divertido. Había globos y banderolas, rostros amistosos y muchas risas. El restaurante era un hermoso edificio con toldos a rayas rojas y blancas. En el frente había un gran cartel en forma de corazón que decía: "Del horno a su estómago, con amor". Y arriba decía "Cabaña de la Pizza. Los mejores sabores. Setenta y dos sabores. ¡Cuéntelos!"

Hermana Osa los contó. Había setenta y dos.

Toda la gente importante estaba presente: la líder scout Cándida, los padres de Fredo, los padres de Lía, el alcalde Jarrodulce (quien se lució mucho cortando la primera porción de pizza con la ruedita de oro, pero cuando trató de abrir la boca para hacer un discurso, la gente lo hizo callar). Los padres de Hermano Oso y Hermana Osa también estaban allí, aunque esta vez no estaban juntos. Mamá Osa estaba con el granjero Prudencio y su esposa. Papá Oso estaba en la cola para registrarse en el gran concurso de hacer girar la masa, que sería el gran acontecimiento de la jornada.

Sí, toda la gente importante estaba presente. Y todos estaban de acuerdo en una cosa: Gaspar Estafoso había realizado un trabajo maravilloso preparando la inauguración de la Cabaña de la Pizza. No era fácil admitirlo. Todos los presentes habían sufrido en carne propia las trampas de Gaspar. Pero lo que es justo es justo. Gaspar se estaba luciendo con todo esto. Todo había funcionado de perilla: el lanzamiento de los globos, el desfile de la banda, el corte de la pizza. Gaspar se paseaba de aquí para allá palmeando hombros y estrechando manos.

Bueno, *no todo* fue perfecto. Nadie podía esperar eso con algo tan monumental como la inauguración de la Cabaña de la Pizza. El jefe de policía Bruno detuvo a dos extraños y devolvió un par de billeteras a unos osos que ni se habían dado cuenta de que les faltaban. La oficial Margarita intervino en una que-

rella en el restaurante y detuvo a un indi-
viduo que se llamaba Tito Moscoso.

Pero lo más importante del día, la razón de
la inauguración, era ¡la pizza! Y según la
opinión de todos, la pizza era exquisita. En la
sección con mesas, la gente hincaba el diente
en la pizza como si fuera la última en sus
vidas, y los coches hacían cola en la sección
"para llevar".

Poco faltaba ya para el concurso, y los osos
scouts y Yayo se detuvieron para desearle
suerte a Papá Oso. Había una larga fila de

mesas y en cada una, una tabla de amasar y un tamizador de harina. Papá Oso y los otros participantes practicaban giros.

—¡Adelante, papá! —gritó Hermana Osa.

Papá Oso sonrió y levantó el pulgar en signo de triunfo.

Gaspar, que estaba a cargo del concurso, iba de mesa en mesa. Detrás de él un oso empujaba un carrito con una pila de masas de pizza. Gaspar las distribuía. El gran evento estaba por comenzar.

• Capítulo 18 •

¡Listos! ¡Prepárense!
¡A girar la masa!

La masa estaba lista. Los concursantes estaban listos. La muchedumbre estaba lista. ¡Y qué muchedumbre! La más grande desde el desfile del equipo de béisbol de Villaosa el año en que salieron campeones.

Sin duda, Gaspar estaba listo. Se subió a una pequeña plataforma.

—¡Silencio, por favor! —dijo con una voz poderosa—. ¡El concurso de hacer girar la masa va a comenzar! Habrá premios fabulosos. Pero antes, unas palabras sobre el reglamento del concurso. Los concursantes serán juzgados por tres cosas: forma, altura del giro y diámetro de la pizza. Si la pizza se

cae o se rompe, el concursante queda elimi-
nado. Permítanme que les presente a nuestro juez, el chef Arturo.

El chef Arturo recibió grandes aplausos.
Gaspar bajó de la plataforma y volvió a pasar
por las mesas. Para cada concursante tuvo
una palabra de aliento. Pero cuando llegó
donde Papá Oso, Gaspar se detuvo y le
estrechó la mano. Luego sacó su reloj, le dio
una palmada a la masa en signo de buena
suerte y se alejó.

—¿Vieron eso? —dijo Lía.

—¿Vimos qué? —preguntó Hermano Oso.

—Gaspar puso algo en la masa de Papá
Oso —dijo Lía—. Después de sacar su reloj.

—¿Por qué haría eso? —dijo Hermana
Osa.

—No sé —contestó Lía—. Pero Yayo dijo
que abriéramos los ojos a causa de los
hurones, y yo vi a Gaspar que ponía algo en la
masa de Papá Oso.

—Lía tiene razón —dijo Yayo—. Yo también lo vi.

Gaspar volvió a la plataforma y siguió mirando su reloj. La muchedumbre estaba cada vez más impaciente.

—¿Qué está esperando? —dijo Hermana Osa.

Por supuesto, lo que estaba esperando era que pasaran exactamente tres minutos y medio. Finalmente gritó: ¡Listos! ¡Preparénse! *¡A girar la masa!*

Los concursantes pusieron manos a la obra con energía. Había un tiempo límite, así es que no había un minuto que perder. Papá Oso, gracias a tanto practicar, fue uno de los primeros en aplanar su masa lo suficiente como para empezar a hacerla girar. "¡Adelante, Papá Oso!" gritaron los osos scouts.

Algunos de los otros concursantes también lo estaban haciendo bastante bien. Pero Papá Oso tomó la delantera. Todos estaban muy entusiamados y, con excepción de Lía, observaban a Papá Oso. Lía tenía los ojos puestos en Gaspar que en ese momento sacaba de su bolsillo un teléfono inalámbrico y comenzaba a hablar. Lía se preguntaba con quién podría estar hablando y cómo podía oír con todo ese ruido.

Hacer girar la masa de la pizza es una cuestión de ritmo. Y Papá Oso mantenía bien el ritmo. Primero la hizo girar en sus manos. Luego, cuando sintió que estaba lista, la lanzó al aire. Luego la recibió nuevamente y todavía girando la lanzó por segunda vez al aire. La masa era cada vez más y más grande. Papá Oso estaba seguro de ganar. Saboreaba desde ya el primer premio: toda la pizza que pudiera comer, para toda la vida.

Entonces ocurrió algo que ninguno de los presentes olvidaría jamás. La pizza de Papá Oso subió, subió, subió y se hizo más y más grande hasta que terminó cubriendo todo el centro de la ciudad.

Al principio la multitud quedó muda del horror. Luego, todos se pusieron a gritar horrorizados.

Pero cuando la gigantesca pizza giratoria detuvo su ascenso y comenzó a bajar, la multitud entró en estado de pánico y la gente comenzó a correr en todas direcciones gritando: "¡Se nos viene encima! ¡Se nos viene encima!"

—Un momento —dijo Hermano Oso—. No está encima de ellos. Está encima de nosotros. ¡SÁLVESE QUIEN PUEDA!

• Capítulo 19 •

La batalla de las palancas

En lo que gira una pizza, esa inocente y alegre fiesta se transformó en una pesadilla de ciencia ficción, y la pizza en una pizza voladora.

—¡A la camioneta, Yayo! —gritó Hermano Oso—. ¡Vamos a casa! Creo que sé de qué se trata todo esto.

Afortunadamente para los osos scouts, la camioneta de Yayo no estaba muy lejos, aunque sí lo suficiente como para estar asustados, porque la pizza voladora estaba cada vez más cerca.

Cuando llegaron a la camioneta, Yayo estaba sin aliento, pero logró arrancar y se lanzó a la carretera en medio de una nube de polvo.

Lo único que impedía que la pizza voladora los tragara con camioneta y todo, era que estaban en el centro de la ciudad y los edificios de dos y tres pisos los protegían. Pero una vez que estuvieran en la carretera, la monstruosa pizza los tragaría en un segundo.

Hermano Oso iba con Yayo en la cabina. Hermana Osa, Fredo y Lía estaban en la parte trasera de la camioneta y gritaban: "¡Más rápido! ¡Más rápido!"

—Decías que sabías de qué se trataba. Bueno, ¿qué es? —dijo Yayo, que había recuperado finalmente el aliento.

—Hurones —dijo Hermano Oso—. Escuchemos la radio, quiero asegurarme.

—¿La radio? —dijo girando los botones del aparato—. ¡Nos está por tragar una enorme pizza y tú quieres escuchar música!

—¡No la FM! El noticioso en AM —dijo el Hermano Oso.

Todas las estaciones tenían interferencia estática.

—¡Esto *prueba* que son los hurones!

—¿Hurones? ¿Estática? No entiendo —dijo

Yayo mirando por el espejito retrovisor—.
¡Cielos! ¡Está cada vez más cerca!

—Todo tiene que ver con el control remoto
—dijo Hermano Oso—. Las estaciones de FM
no tienen estática. Pero las de AM sí. Eso
prueba dos cosas: una, que nos están siguien-
do por control remoto y dos, que no es real-
mente una pizza. Es el mismo menjunje pegajoso que atrapó a Gaspar.

—¡Eh! ¡Tienes razón! —dijo Yayo.

—Lía vio cuando Gaspar puso algo en la masa de Papá Oso —dijo Hermano Oso, mientras la camioneta avanzaba a campo abierto—. ¡Acelera, abuelo! ¡Acelera!

—¡Ya voy al máximo! —dijo Yayo.

La pizza voladora seguía acercándose.

—¿Tienes alguna sugerencia? —preguntó Yayo.

—Sólo una —dijo Hermano Oso.

La casa en el árbol de la familia Oso estaba justo a dos pasos. La pizza espacial se aprestaba a caerles encima.

—No tengo tiempo de explicar —dijo Hermano Oso—. ¡Detente frente a la casa en el árbol!

Yayo frenó bruscamente. Hermano Oso saltó de la camioneta y subió los escalones de la entrada de la casa.

La pizza estaba por caer sobre ellos. Su sombra era cada vez más grande y ya rozaba el techo de la casa en el árbol.

Hermano Oso salió corriendo. En la mano

llevaba una caja negra. Era la caja de control remoto.

—Estoy seguro que están usando una caja como ésta —dijo—. Así es que crucen los dedos y busquen refugio. ¡Ahora comienza la batalla de las palancas!

Yayo y los otros osos scouts se protegieron bajo los escalones de la entrada de la casa.

—¡Ojalá encuentre la misma frecuencia radial! —gritó Hermano Oso manipulando el dial y moviendo la palanca—. ¡Creo que la encontré!

La velocidad de la pizza disminuyó. La pizza se quedó flotando en el mismo lugar y finalmente *comenzó a alejarse en dirección opuesta.*

• Capítulo 20 •

¡Siga esa pizza!

Hermano Oso siguió manipulando la palanca mientras bajaba corriendo los escalones.

—¡Siga esa pizza! —gritó mientras subían nuevamente a la camioneta.

—Lo intentaré —dijo Yayo—. Pero no va a ser nada fácil. ¡Esa cosa vuela como un pájaro!

—Yo la estoy controlando —dijo Hermano Oso—. Vuela adonde yo le digo. Y la estoy enviando de vuelta al lugar de donde vino. ¡Hacia los hurones! ¡Cruza por el prado de Prudencio!

—¡No puedo cruzar por el prado de Prudencio! —dijo Yayo.

—¡Tienes que hacerlo! —dijo Hermano Oso—. ¡Prudencio comprenderá!

—¡Espero que sí! —dijo Yayo—. ¡Ustedes, cachorros, allí atrás, sujétense bien!

La vieja camioneta corcoveaba y saltaba mientras cruzaban los surcos de la granja. Finalmente, Yayo encontró un portón al final del prado. Entonces fue la pizza la que se puso a corcovear.

—¿Qué ocurre? —gritó Yayo.

—¡Los hurones se resisten! ¡Están tratando de recuperar el control de la pizza! —gritó Hermano Oso—. ¡La voy a estrellar en el barranco!

Hermano Oso movió la palanca hacia adelante y la pizza desapareció.

Yayo detuvo la camioneta. Los osos scouts corrieron hasta el borde del precipicio. La gigantesca pizza se había estrellado en el fondo del barranco y estaba desparramada en miles de pedazos. Había engrudo por todas partes: en el suelo, en los árboles, en las piedras.

Lo que había ocurrido era claro. Cuando los hurones vieron que su propia arma se había dado vuelta contra ellos, entraron en estado de pánico y salieron corriendo. Detrás de ellos habían dejado una ristra de objetos que llegaba hasta la entrada del País de los Hurones. Una caja de control remoto; un libro con un rótulo que decía

"Confidencial", con el diagrama del nuevo sistema de seguridad del País de los Osos. Además había sombreros de hurones, dagas de hurones, ropa de hurones...

Yayo y los osos scouts siguieron la huella por el agujero de los hurones. Estaba oscuro, pero cuando sus ojos se acostumbraron a la penumbra, vieron algo que les heló la sangre en las venas.

Era una jaula. Estaba colgada del techo de la cueva. Tenía un letrero que decía "Futuro hogar de los osos scouts".

Habían escapado por un pelo.

FUTURO HOGAR DE LOS OSOS SCOUTS

—¡Miren! —dijo Lía—. ¡Un teléfono como el de Gaspar!

—¿Gaspar? ¿Teléfono? —dijo Hermano Oso—. ¿De qué estás hablando?

—Hablo del teléfono que Gaspar tenía en la Cabaña de la Pizza —dijo Lía—. Estaba hablando por él cuando la pizza atacó.

—*Entonces fue así* como lo hicieron —dijo Hermano Oso, golpeándose la frente con la mano.

—¿Hicieron qué? —preguntó Hermana Osa.

—Seguirnos hasta la casa en el árbol —dijo Hermano Oso—. Los hurones controlaban la pizza. Pero ellos estaban aquí. ¿Cómo supieron en qué dirección tenían que dirigirla?

—¿Cómo? —preguntó Hermana Osa.

—*¡Gaspar les avisó por teléfono!* Él podía ver todos nuestros movimientos —explicó Hermano Oso.

—Ese bribón espión —dijo Hermana Osa.

—Eh, miren esto —dijo Fredo, que acababa de encontrar otro objeto abandonado por los hurones. Hermano Oso lo reconoció. Era la caja que tenía Máximo Usurón cuando el engrudo se tragó a Gaspar.

—¡Qué descubrimiento! —dijo Hermano Oso—. Es la caja de control maestra del sistema de seguridad de los hurones.

—¿Para qué sirven todos esos botones? —preguntó Lía.

—A menos que me equivoque —dijo Hermano Oso—, cada botón controla uno de los depósitos de engrudo en el País de los Hurones.

—¡Caracoles! —dijo Fredo—. Debe haber unos cincuenta.

—¡Silencio! —dijo Lía—. ¡Alguien viene!

Hermano Oso corrió a la entrada y miró afuera.

—Es Gaspar —dijo—. Y se está acercando.

Gaspar cantaba su cancioncilla del dinero:

> Me gusta mucho el dinero,
> me gusta más que el pastel.
> Me gusta mucho el dinero,
> y mucho más que la miel.

—¡Bribón! ¡Sinvergüenza! —dijo Yayo levantando los puños al cielo.

—No, abuelo —dijo Hermano Oso—. Venga conmigo, que tengo una idea mejor. Escondámonos en las sombras.

Yayo y los osos scouts se quedaron escondidos hasta que Gaspar se perdió en la penumbra del túnel.

—¿Cuál es esa gran idea? —preguntó Yayo.

—Ésta —dijo mostrando la caja de controles—. En cinco segundos haré volar todo el sistema de seguridad de los hurones.

Entonces, pasó sus dedos por los botones como si éstos fueran las teclas de un piano.

—¿Oyes algo, Lía? —preguntó Hermano Oso.

Lía escuchó con todas sus fuerzas.

—Sí —dijo con una sonrisa—. Muchos gritos.

●

Unos días después los osos scouts recibieron una llamada de la líder scout Cándida pidiéndoles que pasaran a verla. ¿Qué querría? Los osos estaban curiosos.

—Es con respecto a la Medalla al Mérito por Alta Tecnología —dijo Cándida—. La ganaron y aquí está.

Los osos scouts habían olvidado por completo la Medalla al Mérito por Alta Tecnología.

¡Y con toda la razón del mundo!

• Sobre los autores •

Stan y Jan Berenstain escriben e ilustran libros sobre osos desde hace más de treinta años. Su primer libro sobre los osos scouts fue publicado en 1967. A través de los años, los osos scouts han hecho todo lo posible para defender a los indefensos, atrapar a los estafadores, luchar contra las injusticias y unir a todos contra la corrupción de todo tipo. De hecho, los scouts han cumplido tan bien con el Juramento do los Osos que los autores piensan que: "bien se merecen su propia serie".

Stan y Jan Berenstain viven en Bucks County, Pennsylvania. Tienen dos hijos, Michael y Leo, y cuatro nietos. Michael es un artista y Leo es escritor. Michael colaboró con las ilustraciones de este libro.

No te pierdas a

LOS OSOS SCOUTS Berenstain

y la guerra de los fantasmas

El fulgor de la fogata hacía difícil ver bosque adentro. Ipso Facto dejó que el fuego disminuyera hasta no ser más que un montón de brasas rojas brillantes. Cuando comprobó que los osos estaban profundamente dormidos, abrió su mochila, la arrastró hacia la oscuridad y se preparó para afrontar la trampa que había olido el día anterior en la Tienda de Disfraces de Teatro.

Unas horas más tarde algo despertó a Hermana Osa y pensó que era el ruido de sus propios ronquidos. Al principio no logró saber dónde estaba. Luego vio las bolsas de dormir y no sólo supo donde estaba sino también que no había sido su ronquido lo que la había despertado. Era el ruido de un gemido ahogado. Un *espantoso* gemido ahogado. Era un ruido que empezaba bajito y subía hasta transformarse en una carcajada estridente.

"Formidable", pensó Hermana Osa. "Un fantasma con sentido del humor".

Estaba a punto de despertar a sus camaradas cuando una visión se agregó al ruido. Una visión horrible. Era un fantasma, no había duda. Un enorme fantasma fosforescente con ojos enrojecidos, nariz ganchuda y una horrible boca ensangrentada.

...ando en el País de los Osos hay problemas . . .
...los osos scouts Berenstain llegan al rescate!

por Stan y Jan Berenstain

$2.99 each

...o te pierdas las otras extraordinarias ...enturas de los osos scouts Berenstain!

...nete a los osos scouts Hermano Oso, Hermana Osa, ...a y Fredo cuando defienden a los indefensos, ...rapan a los estafadores, luchan contra las injusticias ...unen sus fuerzas contra todas las corrupciones.

BBM59750-7	Los osos scouts Berenstain y el complot de la gran calabaza
BBM93381-7	Los osos scouts Berenstain y la guerra de los fantasmas
BBM59749-3	Los osos scouts Berenstain en la cueva del murciélago gigante
BBM93380-9	Los osos scouts Berenstain y la pizza voladora
BBM67664-4	Los osos scouts Berenstain se encuentran con patagrande
BBM69766-8	Los osos scouts Berenstain salvan a rascaespaldas
BBM73850-X	Los osos scouts Berenstain y la terrible termita habladora
BBM87729-1	Los osos scouts Berenstain y el bagre que tose

© 1995 Berenstain Enterprises, Inc.
Disponibles en tus librerías habituales o usa este formulario

- -

...íe sus pedidos a:
...olastic Inc., P.O. Box 7502, 2931 East McCarty Street, Jefferson City, MO 65102-7502

...or de enviarme los libros marcados arriba. Adjunto a la presente $_____
...vanse agregar $2.00 para gastos de envío). Envíen cheques o "money order" — por
...r no incluyan dinero en efectivo o C.O.D.

...nbre_____ Fecha de nacimiento___/___/___
                                                       M   D   A

...ección_____

...dad_____ Estado_____ Código postal_____

...una espera de cuatro a seis semanas para el envío. Esta oferta solo es valida en U.S.A. No disponemos de envios
...les para los residentes de Canada. Los precios están sujetos a cambios.   BBRSP496